KB036827

어떤 문장으로부터의 명상

b판시선 67

하종오 시집

어떤 문장으로부터의 명상

도서출판 b

책을 읽거나 정보를 접하면 그 주제나 골자와는 상관없이
특별나게 각인되는 문장이 있다. 그 문장에는 감각하게
하는 그 무엇인가, 사유하게 하는 그 무엇인가, 상상하게
하는 그 무엇인가가 있다. 저자의 의도와도 무관하고 내용의
전후 맥락과도 연결되지 않는 그 무엇인가 말이다.

여기 실린 시들은 주로 그 무엇인가의 일부이거나 일면에
지나지 않을망정, 책이나 정보를 보았던 당시에 인상 깊어
공책, 노트북, 핸드폰에 옮겨놓았던 문장으로부터 받은 명상
을 쓴 것이다.

이 시들의 제목에 인용한 문장의 저자들을 외경한다.
그 인용문의 표기는 원전을 따랐다. 사족을 붙이자면, 시로
쓰지 못했으나 간직하고 있는 의미 깊은 문장이 훨씬 더
많다.

| 차 례 |

어떤 문장으로부터의 명상; 빨간 수염을 기른 사람이 조금 머뭇거리면서 두 소년에게 물었습니다. "너희는 어디로 가는 거니?" "끝없이 가는 거예요." 조반니는 조금 어색한 듯 어깨를 으쓱하며 대답했습니다. "그것 참 좋은 일이지. 이 열차는 끝없이 갈 수 있으니까."*

　　종착역 없이 떠나는 열차가 시각표에 나와 있다면
　　출발역을 찾아가 나는 승차권을 구입하여 타겠다
　　아무리 살아도 어디로 가야 할지 모르는 나이 칠십에
　　여행하기에 딱 알맞은 열차가 있다면
　　백팩에 시집 몇 권을 넣고 양말 몇 켤레를 넣고 세면도구를 넣고 혈압강하제를 넣고 신경안정제를 넣고 노트북을 꼭 챙겨 넣어 등에 지고 타겠다
　　매표창구에 물어보는 것이다 "끝없이 가는 열차표 있어요?" 개찰구를 통과하며 확인하는 것이다 "끝없이 가는 열차 맞지요?" 승차한 뒤 차장車掌이 검표하러 다가오면 재확인하는 것이다 "끝없이 가는 열차 맞지요?"
　　열차가 간이역에 정차할 때마다 나는 차창으로
　　승강장에 나를 알아보는 당신이 서 있는지 살펴보겠다

후회 씨, 이따금 내가 외면하니 덩달아 외면하던 당신일
지…… 미련 씨, 자주 내가 쭈뼛거렸으나 알은체하지 않던
당신일지…… 고통 씨, 평소 내가 찾았으나 등을 보이던
당신일지…… 별반 나와는 인연이 없던 완성 씨 혹은 성취
씨 혹은 성공 씨라는 당신일지……

나는 상하행선 양쪽 승강장으로 고개 돌리며 살펴보겠다

열차가 간이역을 떠날 때 당신들이 한꺼번에 다급하게
나타나

나에게 환하게 웃어주며 오래오래 두 손을 흔들어주기를
원하겠다

그리고 내가 의자에 비스듬히 기대앉은 열차가 간이역을
떠나

너른 들판을 지날 즈음엔 비가 부슬부슬 내리고

깊은 산간을 지날 즈음엔 눈발이 희끗희끗 날리다가

긴 터널에 들어갔다가 빠져나올 즈음엔

희디흰 설경 속으로 나는 당신들 모두 망각하는 여행을
하겠다

아무리 살아도 어디로 가야 할지 모르는 나이 칠십에

출발역만 있고 종착역이 없는 열차가 시각표에 나와 있다
면

그 열차는 나를 위하여 준비된 열차가 분명하다고 믿겠다

아, 나는 끝없이 갈 것이다 아, 아, 나는 끝없이 갈 수

있을 것이다 아, 아, 아, 나는 끝없이 가기 위하여 백팩에서
시집 몇 권을 꺼내 되풀이 읽고 양말 몇 켤레를 꺼내 갈아
신고 조석으로 세면도구를 꺼내 사용하고 아침 식전엔 혈압
강하제를 꺼내 삼키고 저녁 식후엔 신경안정제를 꺼내 삼키
고 노트북을 꺼내 밤낮으로 무릎 위에 켜놓고는 끝없이
끝없이 끝없이 시를 쓸 것이다

* 미야자와 겐지의 동화 『은하철도의 밤』(이선희 옮김, 바다출판사, 2000, 42쪽) 중에서.

어떤 문장으로부터의 명상 ; "누가 감히 너에게 상처를 입혔느냐?" 하고 거인은 물었습니다. 왜냐하면 소년의 양쪽 손바닥에는 못자국이 두 개 나 있었고, 그의 발에도 못자국이 두 개 나 있었기 때문이었습니다. "누가 감히 네게 상처를 입혔느냐? 내게 말해 봐라. 내 이 큰 칼로 그놈을 내치리라." 하고 거인은 소리쳤습니다. "안 돼요! 이것은 사랑의 상처예요" 작은 소년은 대답했습니다. "당신은 누구시지요?" 거인은 퍼뜩 이상한 놀라움에 사로잡혀 작은 소년 앞에 무릎을 꿇었습니다.*

당신 앞에서 나에게 두 손을 깍지 끼게 하지 않는
당신이 누구인지 나는 압니다.
내가 내 손바닥을 당신에게 보여주기를 바라는 까닭은
당신이 당신 손바닥을 나에게 보여주기를 바라는 까닭과
다르지 않을 것이라는 생각이 들던 어느 날
당신 손바닥에 난 상처와
내 손바닥에 난 상처를 비교해보기 위하여
당신이 두 손바닥을 내 두 손바닥에 맞대고

내가 두 손바닥을 당신 두 손바닥에 맞댔을 때
상처 크기가 똑같았습니다
당신은 사랑하던 나와 동일한 당신이었고
나는 사랑하던 당신과 동일한 나였습니다
당신과 나는 그 하던 사랑을 계속했습니다

당신 앞에서 나에게 두 무릎을 꿇게 하지 않는
당신이 누구인지 나는 압니다
내가 내 무릎을 당신에게 보여주기를 바라는 까닭은
당신이 당신 무릎을 나에게 보여주기를 바라는 까닭과
다르지 않을 것이라는 생각이 들던 어느 날
당신 무릎에 난 상처와
내 무릎에 난 상처를 비교해보기 위하여
당신이 두 무릎을 내 두 무릎과 맞대고
내가 두 무릎을 당신 두 무릎과 맞댔을 때
상처 깊이가 똑같았습니다.
당신은 사랑하던 나와 동일한 당신이었고
나는 사랑하던 당신과 동일한 나였습니다
당신과 나는 그 하던 사랑을 계속했습니다

* 오스카 와일드의 동화 「욕심쟁이 거인」(『행복한 왕자』, 이지민 옮김, 창작과비평사,
1983, 34쪽) 중에서.

어떤 문장으로부터의 명상 ; 농가에서 백로에 비 오는 것 가장 두려우니 / 한 뙈기 땅에도 지나치면 벼가 상한다네 / 조물주의 심한 장난이 어찌 편벽되었단 말인가 / 내 구름 타고 올라가 하늘에 고하여 / 비렴에게 짙은 구름 쓸어버리게 하고는 / 지팡이 짚고 외곽으로 나가 싱그러운 광경 보고 싶다네*

한문으로 시를 쓰는 시인이

장마 들면 하늘 위로 올라가 풍신風神에게

구름을 쓸어버려 비를 멈추게 할 수 있다면

한글로 시를 쓰는 시인은

가뭄 들면 땅속으로 내려가 수신水神에게

물길을 틀어 논밭을 적시게 할 수 있다

시인이 풍신을 좌지우지할 수 있다면

천상에서 내려와서도 구름을 쓸어버릴 수 있고

시인이 수신을 좌지우지할 수 있다면

지상으로 올라와서도 물길을 틀 수 있다

한문으로 시를 쓰든 한글로 시를 쓰든

시인이라면 시에서 능히 가능한 일이다

* 오횡묵(1834~1906)의 한시 「고우^{苦雨}」(『고전산책 한시 감상 이백서른세 번째 이야기』,
김준섭 옮김, 한국고전번역원 홈페이지, 2022) 중에서.

어떤 문장으로부터의 명상; 근방에는 아무도 없다. 무거운 정적이 이 저지대를 내리누르고 있다. 개울 위 다리를 건너 상수리나무 두 그루를 향해 올라간다. 그러고는 내가 지금 유일하게 챙겨줄 수 있는 것을 상수리나무에게 건넨다. 내 주머니 안에 쑤셔 박혀 1년이나 묵은 도토리 한 알이다.*

사람이 상수리 한 알을 슬쩍, 주워 갔더라도
이내 상수리나무 아래에 도로 갖다 놓으면
어린 상수리나무가 돋아날 수 있어도
혼자 간직하고 있으면 무쓸모하다네
상수리로 묵을 쑤어 먹으려 해도
한 자루쯤 모아야 하는데,
상수리나무숲 언저리 마을에 살아보면
상수리를 주워가는 사람은 나중에
땔감으로 밑둥을 베러 온다는 걸 알게 된다네
상수리나무를 늘 마주 대하는 맞상대로 여기는
사람은 상수리 한 알을 슬쩍, 주워 가지 않는다네

* 『상수리나무와 함께한 시간』(제임스 캔턴 지음, 서준환 옮김, 한길사, 2021년, 336쪽)
중에서.

어떤 문장으로부터의 명상 ; 저자에게 강요하려 하지 말고, 여러분 자신이 바로 그 저자가 되도록 노력해 보세요. 저자의 동료가 되고 공범자가 되어 보세요.[*]

독자가 나에게 시 쓰기를 희망해도
나는 독자를 위해 시를 쓰진 않습니다

내가 독자에게 시 읽기를 희망해도
독자가 나를 위해 시를 읽진 않습니다.

언제나 내가 나의 시를 읽는 독자가 되고
언젠가 독자가 자신의 시를 쓰는 시인이 됩니다

아무려나 내가 쓴 시를 읽는 독자는 별로 없습니다.

[*] 『버지니아 울프 독서법』(버지니아 울프 지음, 정명진 옮김, 부글북스, 2021, 14쪽) 중에서.

어떤 문장으로부터의 명상 ; 죽어 천국의
문을 두드렸네⋯⋯ / "너는 누구냐?" 내게
물었지. / "이승에 사는 동안 제가 누군지
알 수 없었답니다⋯⋯ / 그래서 당신께 여
쭈러 이렇게 찾아왔습니다⋯⋯" / 저는 누
구인가요?*

　　독자는 자신이 누구인지 모를 때
　　시인에게 묻고 싶어서
　　시를 읽겠지요
　　시인도 자신이 누구인지 모를 때
　　독자에게 묻고 싶어서
　　시를 쓴답니다

　　이승에서 사는 동안
　　저는 누구인가요?
　　당신은 누구인가요?
　　이승에서 사는 동안
　　당신이 저인가요?
　　제가 당신인가요?

독자는 자신이 시인인지 알 수 없어서
시를 써보고 나서
자문도 하고 반문도 하겠지요
시인도 자신이 독자인지 알 수 없어서
시를 읽어보고 나서
자문도 하고 반문도 한답니다

* 『신도 버린 사람들』(나렌드라 자다브 지음, 강수정 옮김, 김영사, 2007, 295쪽) 중에서.
  저자는 '15세기의 성자이자 시인이었던 카비르의 말이 마음속에서 메아리쳤다.'고
  서술한 다음, 이 대목을 제시한다.

어떤 문장으로부터의 명상 ; 할애비는 말
했다. 거기서는 사람들이 꽃만 먹고 산다.
밥도 고기도 안 먹는다. 꽃만 먹는다. 어디에
서요? 내가 묻자 그는 대답했다. 어딘 어디
여. 수궁 말이지, 수궁. 사람이 채송화하고도
풍뎅이하고도 얘기를 하고, 단풍나무하고
도 호랑나비하고도 사랑을 하고 결혼을 한
다.*

　　사람들이 꽃을 먹고 사는 곳이 있다면 그곳에선
　　채송화하고 노는 사람은 채송화만 아까워하면서
　　봉선화하고 노는 사람은 봉선화만 아까워하면서
　　수선화하고 노는 사람은 수선화만 아까워하면서
　　다른 꽃을 실컷 먹어도 괜찮나?

　　사람들이 곤충과 얘기하며 사는 곳이 있다면 그곳에선
　　잠자리하고 너나들이하는 사람은 잠자리만 따라다닐 텐
데
　　풍뎅이하고 너나들이하는 사람은 풍뎅이만 따라다닐 텐
데
　　달팽이하고 너나들이하는 사람은 달팽이만 따라다닐 텐

데

　다른 곤충과 자꾸 얘기할 시간이 나나?

　사람들이 나무와 결혼하여 사는 곳이 있다면 그곳에선

　찔레나무하고 사랑하는 사람은 찔레나무만 바라다보다
가

　떡갈나무하고 사랑하는 사람은 떡갈나무만 바라다보다
가

　단풍나무하고 사랑하는 사람은 단풍나무만 바라다보다
가

　다른 나무 그늘 아래서 언제든지 쉬어도 좋나?

　사람 전부가 꽃을 먹고 살고 곤충과 얘기하고 나무와
결혼하진 않더라도

　사람 일부가 꽃을 먹고 살고 곤충과 얘기하고 나무와
결혼한다면 그곳은

　굶거나 침묵하거나 싸우는 세상이 아니므로 사람들이
찾아가겠다

* 최인석의 소설 「목숨의 기억」(『목숨의 기억』, 문학동네, 2006, 95쪽) 중에서.

어떤 문장으로부터의 명상;「아빠.」그녀가 말했다.「나는. ……」「너는 미안하게 생각할는지 몰라도 나는 네가 자랑스럽다.」그녀는 고개를 들어 아버지가 밝게 미소 짓는 것을 보았다.「네?」「네가 자랑스럽다고.」「무슨 말인지 이해가 안 돼요. 저는 남자들이 이해가 안 돼요. 앞으로도 그럴 거예요.」「응, 나는 물론 내 딸이 자기가 옳다고 생각하는 것을 위해 물러서지 않았으면 했지. 가장 먼저 내게 맞섰으면 했어.」*

아들과 딸은 아버지와 어머니를 지나쳐서
어딘가로 가야 한다
아들이 아버지를 지나쳐서가 아니라
딸이 어머니를 지나쳐서가 아니라
아들도 아버지와 어머니를 지나쳐서
딸도 아버지와 어머니를 지나쳐서
어딘가로 가야 한다

어딘가가 길거리일지라도
어딘가가 허허벌판일지라도

각자 자신이 옳다고 믿는 바를 위하여
아들은 아버지와 어머니를 지나쳐서
딸은 아버지와 어머니를 지나쳐서
어딘가로 가야 한다

아들과 딸을 사랑한다고 해서
늘 옳은 일을 한다 할 수 없는 아버지와 어머니를 지나치면
곧장 혼란한 길거리로 나가게 된다 해도
각자 자신이 옳다고 믿는 바에 다다르기 위하여
아들과 딸은 길거리에서 또 어딘가로 가야 한다

아들과 딸을 사랑한다고 해서
늘 옳은 사람으로 지내지 못하는 아버지와 어머니를 지나
치면
곧장 막막한 허허벌판으로 밀려나게 된다 해도
각자 자신이 옳다고 믿는 바를 이루기 위하여
아들과 딸은 허허벌판에서 또 어딘가로 가야 한다

어딘가에 옳다고 믿는 바를 찾아오는 남녀들이 있든 없든

* 하퍼 리의 소설 『파수꾼』(공진호 옮김, 열린책들, 2015, 109쪽) 중에서.

어떤 문장으로부터의 명상 ; 다른 동물은 인간에 비해 신체적 이점을 지니고 있다. 동물은 인간보다 더 잘 보고, 더 잘 듣고, 더 잘 냄새를 맡고, 더 잘 뛰고, 더 세게 깨물 수 있다. 동물이나 식물은 가령 들어가 살 집을 필요로 하지도 않고, 적대적인 세계에서 살아남기 위해 반드시 알아야 할 것들을 가르쳐주는 학교를 필요로 하지도 않는다. 이런저런 치장을 걷어놓고 보면, 인간이란 사실상 벌거벗은 유인원에 불과하며, 그런 상태로 찬 바람에 덜덜 떨고, 허기와 갈증의 고통에 시달리고, 공포와 외로움의 고뇌를 느끼는 것이다.*

나는 동물보다

더 잘 못 보고

더 잘 듣지 못하고

더 잘 먹지 못하고

더 잘 뛰지 못한다

나는 사람하고만 말할 수 있고

사람의 말만 할 수 있다
동물은 동물하고만 말할 수 있을 것이고
동물의 말만 할 수 있을 것이다

나나 동물이나
보고 듣고 먹고 뛰기는
태어나면서부터 알지만,
나는 말소리라 하고
동물은 울음소리라 하는 소통 방법은
태어난 후에 터득한다

그 밖에 내가 동물보다
더 잘하는 점이라면 글과 지식과 지혜를 배우는 일뿐,
추위와 허기와 갈증과 고통과 공포와 외로움을 느끼기는
어슷비슷한 것 같다

* 『지식의 역사』(찰스 밴 도렌 지음, 박중서 옮김, 갈라파고스, 2010, 20쪽) 중에서.

어떤 문장으로부터의 명상 ; 인간 구원은 하늘의 신神이 하는 것이 아니며 인간 구원은 어디까지나 인간 스스로의 힘으로 할 수밖에 없다.*

천상에서 사시는 전지전능한 하늘님께서는
지상에서 사는 인간을 구원하지 않으신다
왜 인간을 구원하지 않으실까

인간 스스로 인간을 구원하고자 한다면
금력을 빼앗아 버려야 하고
권력을 없애 버려야 하고
지력知力을 줄여 버려야 하는데
인간끼리 금력과 권력과 지력을 공유하고 있어
인간은 스스로 인간을 구원하지 못한다
하늘님께서 보시기에 불순하고 불경한 카르텔이다
인간은 인간이라는 사실을 부끄러워하지 않는다
인간이 금력으로 자신을 구원하려고 할 때
인간이 권력으로 자신을 구원하려고 할 때
인간이 지력으로 자신을 구원하려고 할 때
그 금력과 권력과 지력만이 인간을 구원할 수 있다면서

자신이 발휘하는 그 능력을 자신만 만들어낼 수 있다고
믿는다

  이다지도 이렇게 지상에서 사는 인간은 오만방자하기
때문에
  천상에서 사시는 전지전능한 하늘님께서는 구원하지 않
으신다

* 권정생의 산문 「영원히 부끄러운 전쟁」(『우리들의 하느님』, 녹색평론사, 1996, 142쪽)
  중에서.

어떤 문장으로부터의 명상 ; '박제剝製가
되어버린 천재'를 아시오? 나는 유쾌하오.
이런 때 연애까지가 유쾌하오.*

민중이 세상을 만든다는 주장,
천재가 세상을 이끈다는 주장,
다른 뜻을 지니는데
같은 의미로 새겨질 때
나는 갸우뚱한다

민중이면서 천재인 사람이 있고
천재이면서 민중이 아닌 사람이 있지만
민중은 천재보다 많고
천재는 민중보다 적다

민중 중에 탐욕스런 사람과
천재 중에 탐욕스런 사람이 만나
세상을 만들면 망한다는 주장,
민중 중에 진정한 사람과
천재 중에 진정한 사람이 만나
세상을 이끌면 바뀐다는 주장,

전자는 진리 같고

후자는 여망 같다

나는 탐욕스런 천재이지도 않고 탐욕스런 민중이지도
않다

나는 진정한 천재이지도 않고 진정한 민중이지도 않다

* 이상의 소설 「날개」(『한국현대대표소설선 5』, 임형택 외 엮음, 창작과비평사, 1996,
12쪽) 중에서.

어떤 문장으로부터의 명상; 파농은 삶과 사상에서도 현대적 가치를 갖는다. 이데올로기의 몰락이라 일컬어지는 시대를 넘어서, 지금처럼 경제의 세계화와 주체의 상실이 지배하는 시대에, 젊은 시절 파농이 외친 한 마디, 요컨대 그의 사상을 실천적으로 끌어간 한 마디, "내 몸이여, 나를 언제나 의문을 품는 사람으로 만들어주오!"라는 절규는 오늘날에도 많은 젊은이들의 정신 속에서 메아리치고 있다. 언어와 출신지의 경계를 넘어서!*

사람은 누구나
출신 국가를 넘고
언어를 넘는
몸을 가지고 있다

그 몸이
머리로는 부정하고 의문하고
가슴으로는 긍정하고 동감한 다음,
다른 몸으로 바뀌어

다른 출신 국가마저 넘어 오가고
다른 언어마저 넘어 오가는
마음을 품는다

그 마음을 품은 사람이면 언제 어디서나
출신 국가를 넘는 몸을 가지게 되고
언어를 넘는 몸을 가지게 된다

전쟁하지 않는 몸으로
점령하지 않는 몸으로
학살하지 않는 몸으로
출신 국가를 따지지 않고
언어를 따지지 않는
자타自他와 신생하게 된다

* 『대지의 저주받은 사람들』(프란츠 파농 지음, 남경태 옮김, 그린비, 2004, 21쪽)에서
  알리스 셰르키(Alice cherki)가 쓴 '2002년 판 서문' 중에서.

어떤 문장으로부터의 명상; 이유식이 아이 혼자 먹는 밥상이라면 그 이후에는 온 가족이 함께 먹는 밥상이 시작됩니다.*

어린 손주는 말문이 트이고부터
제집에서는 엄마가 해주는 반찬이
우리 집에서는 할머니가 해주는 반찬이
최고로 맛있다고 말한다

반찬 투정하지 않는 어린 손주와 함께
식탁에 둘러앉은 끼니때엔
누구의 손맛인지 잊고
저마다 양껏 먹는다

자식이 어려서 밥을 잘 먹을 때도
덩달아 밥맛이 좋더니만
어린 손주가 밥을 잘 먹을 때도
덩달아 밥맛이 좋다

제집에서든 우리 집에서든
온 식구가 어린 손주를 따라서

숟가락질 한 번 젓가락질 한 번

번갈아 수저질하고는

동시에 다 같이 식사를 마친다

식후 언제나 빈 그릇으로 가득한 식탁!

* 『아이가 있는 집에 딱 좋은 가족 밥상』(김정미 지음, 레시피팩토리, 2012, 프롤로그)
중에서.

어떤 문장으로부터의 명상 ; 어제 달이 떠올랐을 때 나는 달이 태양을 낳으려는 게 아닌가 하고 생각했다. 커다란 배를 불룩하게 한 채 달이 지평선 위에 걸쳐 있던 것이다. 그러나 달은 임신한 것처럼 나를 속인 거짓말쟁이였다. 그래서 나는 달이 여자라기보다는 남자라고 믿고 싶다.*

하루에 해가 먼저 뜬다고 생각하나?
하루에 달이 먼저 뜬다고 생각하나?

낮에는 해가 먼저 뜬다고 생각하지
밤에는 달이 먼저 뜬다고 생각하지

하루에 해가 먼저 진다고 생각하나?
하루에 달이 먼저 진다고 생각하나?

낮에는 해가 먼저 진다고 생각하지
밤에는 달이 먼저 진다고 생각하지

* 『차라투스트라는 이렇게 말했다』(프리드리히 니체 지음, 장희창 옮김, 민음사, 2004, 215쪽)의 '결벽潔癖 성향의 인식에 대하여' 중에서.

어떤 문장으로부터의 명상 ; 특히 나는 많은 동물이 인간을 위해 일하지 않을 권리를 빼앗기고 있다고 생각한다. 인간이 동물노동으로부터 어떤 이익을 얻든 간에 동물이 수행하고 있는 많은 노동에 대해서 윤리적으로 옹호할 여지가 없다. (중략) 동물노동에 대해 획일적인 방식으로 접근하는 것은 당연히 적절하지도 않고 도움이 되지도 않는다. 동물노동은 유일하거나 단일하지 않기에, 동물노동을 보편화한 비판을 하거나 보편적으로 용인할 수 없다.*

나는 황소에게 쟁기나 달구지를 끌게 한 적이 없다
황소가 일했던 내 어린 나날에
나는 논밭을 갈거나 곡물을 실어 날라보지 않았다

황소가 사람을 위해 노동하지 않을 권리를 가지고 있다고
나는 전혀 생각해 보지 않았지만 지금 문득 생각해 보면
가령 반려견도 사람을 위해 노동하지 않을 권리를 가질 수 있다는
이 가설은 생소해도 새롭다

반려견이 사람과 같이 시간을 보내는 것을 노동이 아니라고 할 수 있나?

사람이 그것을 하면 노동이라고 한다

반려견이 사람에게 위안을 주는 것을 노동이 아니라고 할 수 있나?

사람이 그것을 하면 노동이라고 한다

그 노동의 대가로

돈이 필요한 사람에겐 돈을 주고

돈이 필요하지 않는 반려견에겐 먹이를 주고 잠자리를 내주고 병을 치료해 주므로

동물이 사람을 위하여 노동하지 않을 권리를 가질 수 있다는

이 가설은 부득이하게 유효하다

내 늙어가는 나날에 나는 반려견을 들이지 않겠다

반려견이 나와 같이 시간을 보내는 노동에 합당한 대가를 지불할 능력이 없다

반려견이 나에게 위안을 주는 노동에 합당한 대가를 지불할 능력이 없다

* 켄드라 콜터의 글 「동물의 인도적 일자리와 일−생활이란?」(『동물노동』, 샬럿 E. 블래트너, 켄드라 콜터, 윌 킴리카 엮음, 평화, 은재, 부영, 류수민 옮김, 책공장더불어, 2023, 56쪽) 중에서.

어떤 문장으로부터의 명상 ; 질문하는 방법은 답하는 방법을 결정한다. 올바른 이해를 얻으려는 자는 무엇보다 무의미한 질문을 들고나오는 것을 삼가지 않으면 안 된다. 그는 질문하기 전에 자기의 질문이 대체로 의미를 갖는가 그렇지 않은가를 질문해 봐야 하는 것이다.*

나는 질문하기 전에
답부터 들은 시절을 오래 살았다

답이 정해진
이런 질문을 해야 하는 경우가 잦았다
"책 읽어야 합니까?"
"공부해야 합니까?"

질문을 하고 싶었으나
이런 답을 먼저 들은 경우가 잦았다
"생각하기 위해 책 읽어야 한다"
"자신을 알기 위해 공부해야 한다"

나는 이런 힐문이나 반문을 듣고는 묵묵부답했다
"생각하지 않고서 사람 노릇할 수 있겠니?"
"자신을 알지 못하면서 남한테 배울 수 있겠니?"

늙은 나에겐 질문할 상대보다
답을 하지 않는 상대가 많다
상대는 먼 하늘, 먼 구름, 먼 바람, 먼 산, 먼 들, 먼……
나는 자문자답하는 데 익숙해지고 있다

* 『파스칼의 인간 연구』(미키 기요시 지음, 윤인로 옮김, 도서출판b, 2017, 151쪽) 중에서.

어떤 문장으로부터의 명상 ; 「이제 가봐
야겠어요.」 「언제고 쓸쓸하면 찾아와. 혹시
무슨 일에 대해서고 충고가 필요하면 언제
든지 와.」 프랜시스가 그렇게 말하자 레니는
즉시 대답했다. 「블랙 호크에서는 절대로
쓸쓸하지 않을 거예요.」*

어딘가에 당신이 가 있는데
쓸쓸하지 않은 곳이라면
그곳을 나에게 밝히지 않아도 상관없다

당신이 그곳에는
나무에 잎 돋아나고 낙엽 지는 봄갈이 없어 쓸쓸하지
않다며
나뭇잎에 소낙비가 쏟아지는 여름이 없어 쓸쓸하지 않다
며
나뭇가지에 함박눈이 내려 쌓이는 겨울이 없어 쓸쓸하지
않다며
나를 초대한다고 해도 응하지 않겠다
이곳에서 홀로이 봄갈에 신록과 단풍을 구경하고 여름에
비를 맞으며 산책하고 겨울에 마당에서 눈을 쓸어야 해서

너무 쓸쓸할지라도
쓸쓸하지 않으면 내가 아니니까

당신이 그곳을
책을 읽지 않아도 쓸쓸하지 않은 횡성 산중이라고 말해도
생각하지 않아도 쓸쓸하지 않은 고흥 해변이라고 말해도
글을 쓰지 않아도 쓸쓸하지 않은 의성 들판이라고 말해도
나는 찾아가지 않겠다,
이곳에서 홀로이 시집을 읽고 시상을 떠올리며 시를 쓰고
있어 너무 쓸쓸하여도
쓸쓸하지 않으면 내가 아니니까

어딘가에 가 있는 당신이
쓸쓸하지 않기 위하여
다른 곳으로 옮겨가더라도
그곳을 나에게 밝히지 않아도 상관없다

* 윌라 캐더 장편소설 『나의 안토니아』(전경자 옮김, 열린책들, 2011, 162쪽) 중에서.

어떤 문장으로부터의 명상; 마크 트웨인은 초판 텍스트를 출간할 때부터 삽화에 깊은 관심을 가지고 있었으며, 〈라이프〉지의 삽화가로 활약하던 에드워드 W. 켐블에게 삽화를 그리도록 부탁했다. 물론 화가는 작가와 여러 번 상의하여 작품의 내용에 걸맞은 삽화를 그리려고 애를 썼다. 그러므로 이 삽화는 본문의 내용에 못지않게 하부 텍스트로서 자못 중요한 의미를 지니고 있음은 두말할 나위가 없다.*

어린이 책을 편집하는 직업을 가졌던 나는
책에 그림을 배열하는 작업에 익숙했다
내용을 잘 전달하는 그림을 넣기 위해
화가와 협의하고 이런저런 고민을 했다
동시집도 예외가 아니었는데
화가는 대개 시상詩想대로 그릴 뿐
표현되지 않은 의미는 그리지 못했다

나는 내 시집을 낼 때마다
내가 그림을 그릴 줄 안다면

언어로 드러낼 수 없는 심상을
언어로 드러내지 못하는 풍경을
언어로 드러내서는 안 되는 상황을
직접 그려서 넣고 싶었다

내가 행과 행 사이에 숨겨놓은 것들을
선으로 나타내고 싶었다,
독자가 나의 정신까지도 숙독하도록
내가 연과 연 사이에 생략해 놓은 것들을
색깔로 살려내고 싶었다,
독자가 나의 상상력까지도 완독하도록

그랬으면 내 시와 그림이 독자에게 건너가 버리고
내 시집은 텅 비어서 메모장으로 사용되거나
재활용 종이로 버려질지언정
아예 안 팔리는 시대가 오진 않지 않았을까?
내 시가 안 읽히는 시절이 오진 않지 않았을까?
시인으로 살아가는 생이 곤혹스러운 요즘
나는 좀 엉뚱한 생각을 하곤 한다

---

* 마크 트웨인의 소설 『허클베리 핀의 모험』(김욱동 옮김, 민음사, 1998, 610쪽)의 작품
  해설 중에서.

어떤 문장으로부터의 명상 ; 등은 갈색에
검은색 줄무늬가 있다. 목 뒤에는 흰색 가로
줄이 있고 날개에는 두 개의 흰색 띠가 있다.
배는 회색이다. 겨울에는 부리 아랫부분에
노란빛이 나타난다.*

시골집에 둘러 심은 쥐똥나무는
잔가지가 우거져 울타리로 유용했다
그 잔가지 틈으로 들락거리는 작은 새들을
나는 모두 참새로 여겼다

어릴 적 고향집 마당에
줄로 묶은 막대로 삼태기를 받쳐 세워놓은 뒤
그 밑에 쌀알을 뿌려놓고 정지에 숨어 있다가
참새가 들어가면 줄을 잡아당겨 잡기도 하였고,
기와지붕 처마 속에 낳은 알을
손을 넣어 끄집어내기도 하여서
가장 만만한 새가 참새였던 것이다

어느 날 책장에서 조류 도감을 뽑아 들춰보다가
내가 분간하지 못하는 작은 새가 많다는 걸 알았다

콩새 딱새 멧새 쑥새 숲새……
철새든 텃새든 몰라봐서 미안했다
인가 근처에 사는 작은 새라면 무턱대고 참새로 여겨온
그 편리한 단순성을 어쩌면 나는 익숙하게
사람들의 문제에도 적용했겠다 싶었다

* 『한국의 새』(이우신, 구태회, 박진영 지음, LG상록재단, 2000, 274쪽)의 '참새' 설명
  중에서.

어떤 문장으로부터의 명상 ; 글을 쓰는
데는, 누구나 알다시피, 타자기나 여의치
않을 경우 연필 한 자루와 종이 몇 장에
책상과 의자가 있으면 그만이다.*

글을 쓰려면
사람과 사람 사이에 벌어지는
일을 알아보는 눈이 있어야 하고
사람과 사람 사이에 오고 가는
말을 알아듣는 귀가 있어야 하고
사람과 사람 사이에 일어나는
갈등을 알아채는 감이 있어야 하고,
글을 잘 쓰려면
일속을 눈으로 알아보는 사람들 말고
자신의 눈에 보이지 않는 사람들의 행동을 알아야 하고
말귀를 귀로 알아듣는 사람들 말고
자신의 귀에 들리지 않는 사람들의 음성을 알아야 하고
갈등 관계를 감으로 알아채는 사람들 말고
자신의 감에 잡히지 않는 사람들의 마음을 알아야 한다고
깊이 생각한 적 있다

사실 그런 능력은 각 분야에서

일가를 이룬 직업인은 다 가지고 있는 걸 발견한 후엔

거기에 더하여 독서력과 상상력과 표현력을 지니고 있어

야 문학가라고

가끔 빤한 주장을 하지만

아무리 명문장을 구사할 수 있다고 할지라도

혼자 쓸 수 있는 시간과

혼자 쓸 수 있는 장소와

혼자 쓸 수 있는 필기구가 없으면

문학가란 있을 수 없다고

늘 엄숙하게 전제한다

* 앨리스 먼로의 단편소설 「작업실」(『행복한 그림자의 춤』, 뿔, 2010, 12쪽) 중에서.

어떤 문장으로부터의 명상 ; 언제부턴가 세상이 점점 감각적이고 시각화되어간다. 마치 풍경 또는 자연, 사물들을 눈앞에 대하는 듯한 착각을 불러일으킬 정도로 감각적이고 투명한 이미지가 주류를 이루고 있다. 그에 따라 외면적인 미를 가꾸기 위한 성형수술이 하나의 대세로 자리 잡은 지 오래이며, 그러한 이미지의 작용을 교묘하게 이용한 상업주의가 당연시되고 있을 만큼 '이미지 천국'이다.[*]

그의 이미지는 그를 아는 사람마다 달라도
그 모두를 그의 이미지라고 해도 틀리지 않다

수천 년 수백 년 내려오고 있는 혈통과 가계에서
수천 명 수백 명이 합쳐지고 나누어졌으므로
조상들이 지닌 이미지가 수천 개 수백 개라 해도
그가 물려받을 수 있는 이미지이다

설령 그가 얼굴을 뜯어고쳤다고 치자
성형한 눈매가 몇 대조의 부계에 없었다고 증명할 수

없지 않은가

성형한 광대뼈가 몇 대조의 모계에 없었다고 증명할 수
없지 않은가

그를 보는 사람들에게 몇 대조의 부계의 이미지나 몇
대조의 모계의 이미지로 착시하게 하는 것이 성형이 아닌가

그가 알지 못하는 어떤 조상의 이미지로 변환한 것이
성형이 아닌가

그의 이미지가 바뀌면 그에 대한 사람들의 생각이 바뀐다
는 주장도 맞고

그의 이미지가 바뀌어도 그는 바뀌지 않는다는 주장도
맞다

다만 그는 그를 아는 사람들과 판박이다

다만 그는 그를 아는 사람들과 판박이다

* 『우린 모두 시인으로 태어났다』(임동확 지음, 연암서가, 2013, 181쪽) 중에서.

어떤 문장으로부터의 명상 ; 기타를 만드
는 공장 / 노동자들의 롤 모델은 자신들이다
/ 기타에 자신들의 / 갈비뼈를 걸어놓았기
때문에 / 어디서든 줄을 건드리면 / 몸속에
서 먼저 신호가 울린다 / 자본은 그들의 갈비
뼈를 / 강제적으로 아름답게만 조율하다 보
니 / 기타 줄이 쉽게 끊어졌다*

　　사람들의 갈비뼈를 줄로 쓰고
　　사람들의 온몸을 공명통으로 만드는
　　기타 제조 공장이 있다

　　스스로 줄을 튕기고
　　스스로 공명통을 울려서
　　악보 없이 연주되는 노래는
　　웃음소리가 되어
　　사람들을 즐겁게 하거나
　　신음 소리가 되어
　　사람들을 괴롭게 한다

　　웃음소릴 듣고 깔깔거리는 사람들과

신음 소릴 듣고 고통스러운 사람들이
줄이 되기 위해 기꺼이 갈비뼈를 내놓고
공명통이 되기 위해 기꺼이 온몸을 내놓는다

자본가는 어디에나 기타 제조 공장을 세우고
그 재료를 사들여 기타를 생산하다가
납품 수량을 맞추지 못하면
기타 제조 공장 노동자들의 갈비뼈와 온몸까지도
재료로 사용하여 명품으로 만들어낸다

천만다행 나는 기타 치는 법을 모른다

* 서수찬의 시 「갈비뼈의 무덤」(『버스기사 S시인의 운행일지』, 시인동네, 2022, 14쪽)
  중에서.

어떤 문장으로부터의 명상 ; 사람에게는
얼마만큼의 땅이 필요한가*

톨스토이가 생존했던 그 시대 사람들은
곡물을 거두는 농지와
집을 짓는 택지와
죽어 묻히는 묘지의 순서로
넓게 소유하기를 소망했을 것이다

내가 생존하는 이 시대 사람들은
집을 짓는 택지와
죽어 묻히는 묘지와
곡물을 거두는 농지의 순서로
넓게 소유하기를 소망할 것이다

땅을 이용하는 순서는 바뀌었어도
예전이나 지금이나
외국이나 자국이나
도시나 시골이나
땅을 많이 소유한 사람들이 부자라는 점은 변함이 없고
대다수 사람들은 부자가 되고 싶어 한다

정말 사람에게는 얼마만큼의 땅이 필요할까?

이 문제엔 오답도 정답도 없다

부자가 되고 싶지 않은 사람의 역순으로

오답이든 정답이든 더 가깝게 말할 수 있다

* 레프 톨스토이의 단편 「사람에게는 얼마만큼의 땅이 필요한가」(『사람은 무엇으로
살는가』, 강규은 옮김, 더디퍼런스, 2018, 159쪽) 중에서 동명의 제목.

어떤 문장으로부터의 명상; 잘잘못에 대한 생각을 / 넘어선 저 멀리에 / 들판이 있다. / 나, 그대를 그곳에서 만나리 / ─13세기 시인 잘랄 아드딘 루미*

들판에선 강이 보이고
산이 보이고 마을이 보여도
그대는 보이지 않는다

강이 흐르고 있는 강둑에는 잡풀들이 있고
산이 서 있는 산발치에는 잡목들이 있고
마을이 앉아 있는 마을길에는 개들이 있다

내가 강둑을 걸어 들판으로 나온 날엔
잡풀들이 어수선하다, 그대는 강 너머에 있는가
잡풀들을 매야 그대가 올 수 있다면 그렇게 하겠다

내가 산발치를 걸어 들판으로 나온 날엔
잡목들이 흔들린다, 그대는 산 너머에 있는가
잡목들을 베어야 그대가 올 수 있다면 그렇게 하겠다

내가 마을길을 걸어 들판에 나온 날엔
개들이 어슬렁거린다, 그대는 마을 너머에 있는가
개들을 쫓아야 그대가 올 수 있다면 그렇게 하겠다

빈들에 나를 불러냈던 그대! 적막을 가르쳐주었다
빈들에선 허물을 잡아선 안 된다던 그대! 관용을 가르쳐주
었다
빈들에 나를 놔두고 떠난 그대! 미련을 가르쳐주었다

들판에서 다시 보고 싶어 그대를 맞이할 채비를 마치고
강과 산과 마을 너머에도 잡풀들과 잡목들과 개들이 있는
지
강둑을 걸어 산발치를 걸어 마을길을 걸어
그대가 오기 전에 내가 먼저 가서 확인해본다

* 『그리고 산이 울렸다』(할레드 호세이니 지음, 왕은철 옮김, 현대문학사, 2013, 9쪽)
  중에서.

어떤 문장으로부터의 명상 ; "죽음은 우리와 멀리 떨어져 있다." 그러나 죽음은 거울에 반사된 모습처럼 우리 곁 가까이에 실재한다. 현재에 존재하는, 우리가 죽을 때까지 우리는 죽음에 대해 묵묵히 생각하고 견디어야 하는 것이다. 우리가, 우리가 아닌 것으로 변할 때까지.*

산 사람의 눈에는 죽은 사람이 안 보이고
죽은 사람의 눈에는 산 사람이 안 보여도
산 사람과 죽은 사람이 함께 있는 곳에서
나는 홀로 지내고 있다는 생각을 한다

지금 내 나이보다 더 이른 나이나
더 늦은 나이에 죽은 사람은
살아오던 동안에
나와 같은 생각을 했을까
산 사람과 죽은 사람은
서로 다른 곳에서 지낸다고
그들 각자는 생각하지 않았을까

산 사람의 눈에는 죽은 사람이 안 보이고
죽은 사람의 눈에는 산 사람이 안 보여도
산 사람과 죽은 사람이 함께 있는 곳에서
나만 홀로 지내고 있다는 생각이 들어 힘겹다

지금 내 나이보다 더 이른 나이나
더 늦은 나이에 죽은 사람은
살아오던 동안에
나와 같은 생각을 하지 않은 채
죽기 직전을 죽기 직전 나름으로 지냈을 것 같고
죽은 직후를 죽은 직후 나름으로 지냈을 것 같다
죽음에 대하여 나에게 소개하지 않고 죽었던 걸 보면

* 『어둠이 오기 전에』(사이먼 피츠모리스 지음, 정성민 옮김, 흐름출판, 2018, 199쪽)
중에서.

어떤 문장으로부터의 명상 ; 모든 일은
허구적이고 상대적이며, 하나같이 모두 형
식일 뿐이야.*

나와 아내가 식탁에 마주 앉아
커피를 마시고 있는 시간이 허구라면
나도 아내도 허구이다

나와 아내가 잠잤던 방도
침대도 이불도 허구이겠지
나와 아내가 먹은 밥도
국도 찬도 허구이겠지
나와 아내가 나눈 대화도
낱말도 말소리도 허구이겠지

시간을 허구라고 하기 전에
식탁에 마주 앉아 커피를 마시고 있는
나와 아내를 허구라고 한다면
시간은 물론 장소도 다 다 허구이겠구나
아, 가족에게 벌어진 상황이 모두 허구이겠구나
자식들이 손자들을 데리고 놀러 오는 휴일도 인사말도

악수도 허구이겠구나

　손자들이 장난치는 모습도 웃음도 울음도 허구이겠구나

　나와 아내가 식탁에 마주 앉아

　커피를 마시고 있는 시간이 허구이면……,

　이런 생각이 들 때 문득 쳐다보면

　나와 아내는 집 안에서 소멸해가는 노인네로서

　온갖 가상假想을 하고 있음을 알게 된다

* 표도르 미하일로비치 도스또예프스끼 장편소설 『죄와 벌』 상권(홍대화 옮김, 열린책들,
　2009, 139쪽) 중에서.

어떤 문장으로부터의 명상 ; 과거에 맛보았던 어떤 음식을 먹는 것은, 과거 자신이 속해 있던 '총체적'인 세계를 회복하는 계기가 될 수 있다. 고향이나 고국을 떠나 있는 사람들이, 과거 그곳에 있을 때 먹었던 음식을 다시 맛보려는 것도 그러한 이유 때문이다. 자신이 '총체적'인 세계로부터 분리되어 있다고 느끼는 사람들은, 과거의 음식을 맛봄으로써 잠시나마 그 '총체성'을 회복하려고 시도한다.*

왜 젊었을 적에 맛보았던 맛이 안 날까?
아내가 나물을 무쳐서 맛보고는
식탁에 한 접시 담아놓고 갸웃할 때
나도 한 젓가락 집어 맛보며 갸웃한다

나물을 무치는 데에 들어가는
양념 몇 가지 구한 장소가 다르고
양념 몇 가지 넣어 조몰락거린 시간이 달라서
젊었을 적 맛보았던 맛이 안 나는 건 당연하겠지만
굳이 젊었을 적 맛보았던 맛을 되살려보려는 건

그 어딘가로 돌아가고 싶어서일 테고
그 언젠가를 돌이키고 싶어서일 텐데
젊었을 적의 그 어딘가가 없어지도록
우리 스스로 장소를 바꾸어 왔을 수도 있고
젊었을 적의 그 언젠가가 사라지도록
우리 스스로 시간을 바꾸어 왔을 수도 있다
우리가 지금 머물고 있는 장소는
그 어딘가와 너무나 어긋나 있고
우리가 지금 보내고 있는 시간은
그 언젠가와 너무나 어긋나 있다

젊었을 적부터 살아보고 싶었던 장소와 시간에서
잘 살아냈다는 생각보다 잘 살아내지 못했다는 생각이
아내도 나도 더 들어서
젊었을 적 맛보았던 나물 맛을 다시 맛보려고 하나?

* 『백석의 맛』(소래섭 지음, 프로네시스, 2009, 176쪽) 중에서.

어떤 문장으로부터의 명상 ; 절망은 인간이 자기 자신으로 존재하지 못하는 데에 있다.*

시가 써지지 않으면 나는 절망한다
시가 나 자신인데 존재하지 못해서일까
나 자신이 시인데 존재하지 못해서일까
나는 절망하는 겨울날엔 들판으로 나간다
겨울 들판에서 공중을 날아가는 철새를 보면
절망 같은 건 하지 않는 것 같다
철새가 절망하면 날아오르지 않을 테다
날아오르는 자기 자신으로
겨울에 존재한다는 걸 철새는 알고 있음에 틀림없다
겨울 들길에서 찬바람에 흔들리는 억새를 보면
절망 같은 건 하지 않는 것 같다
억새가 절망하면 흔들거리지 않을 테다
흔들거리는 자기 자신으로
겨울에 존재한다는 걸 억새는 알고 있음에 틀림없다
시가 써지지 않는 겨울날
내가 절망하며 걷는 겨울 들판에서
새가 나를 힐끗, 보고 날아오르는 건

억새가 나를 슬쩍, 보고 흔들거리는 건
이유가 하나, 자기 자신으로 존재하고 있어
절망하지 않음을 나에게 보여주려는 때문 아닐까
나는 언 겨울 개울로 들어가 얼음을 지친다
개울물은 절망 같은 건 하지 않는 것 같다
개울물이 절망하면 두껍게 얼어버리지 않을 테다
개울물은 얼어버린 자기 자신으로
겨울에 존재한다는 걸 알고 있나 보다

* 『불안과 함께 살아가기』(아르네 그렌 지음, 하선규 옮김, 도서출판b, 2016, 194쪽)
중에서.

어떤 문장으로부터의 명상; "어디서 배
웠넌지 좀 일러주소" 많이 모자라는 『국수』
초간본을 펴냈을 때였다. 소설에 나오는 '아
름다운 조선말'을 도대체 어디서 그리고 누
구한테 배웠냐는 것이었다. "배기는유." 고
개를 외로 꼬는 것으로 넘어갔지만, 할아버
지한테 배웠다. 할머니한테 배웠다. 고모들
한테 배웠다. 삼촌들한테 배웠다. 어머니한
테 배웠다. 삼동네 이웃들한테 배웠다. 길카
리들한테 배웠다.*

　　나는 부모 형제 길카리들한테 말을 배웠다

　　나는 삼동네 이웃들한테 말을 배웠다

　　상대에게 무언가 주고

　　무언가 받기 위한 말을 배웠다

　　상대에게 무언가 전하고

　　무언가 구하기 위한 말을 배웠다

　　무언가 주겠다는 말은 짧았고

　　무언가 받으려는 말은 길었다

　　무언가 전하겠다는 말은 적었고

　　무언가 구하겠다는 말은 많았다

나는 늘 옹색하게 질문하면서도

상대가 늘 너그럽게 대답하기를 원했다

상대가 늘 친절하게 설명하고

나는 늘 데면데면하게 듣기를 원했다

부모 형제 길카리들 삼동네 이웃들한테 배운 말 중에

경탄하고 감동하고 존경하고 아부하느라 높임말을 해서

상대로부터 내가 듣고 싶은 말을 들으려고 애썼지만

시기하고 반발하고 하대하고 멸시하느라 낮춤말을 해서

상대로 하여금 내가 듣기 싫은 말을 하지 못하도록 억눌렀
다

나는 말을 하다 보면 내 말이 수준 이상일 때도 수준
이하일 때도

부모 형제 길카리들이 그리했던 말을 그대로 배워서 했다
고 억지소리를 했고

삼동네 이웃들이 그리했던 말을 그대로 배워서 했다고
억지소리를 했다

* 『國手事典 아름다운 조선말』(김성동 지음, 솔출판사, 2018, 8쪽)의 '글지 머리말' 중에서.

어떤 문장으로부터의 명상 ; 젊은 사람들이 수지에 맞지 않는 농사를 버리고 도시로 삶터를 옮기면서 날로 묵정밭이 늘어나게 되었습니다. 당연히 그 땅에는 곡물 대신 개망초가 자리 잡게 되었는데, 어찌나 무성하게 자라나는지 발길 닿는 곳마다 눈부신 꽃밭을 볼 수 있었습니다.*

내가 힘에 부쳐서 갈지 않은 묵정밭엔
개망초가 자라나 꽃을 피웠다

초봄에 부지런한 이웃은
갓 돋아난 개망초를 캐어 데쳐서
나물로 무쳐 먹기도 하고
된장국에 넣어 끓여 먹기도 했지만
게으른 나는 못 본 척 내버려 두다가
초여름에 피운 꽃을 구경하기만 했다

쥔이 농사짓는 땅을 놀려두더라도
그 직업이 끝나 보이지 않게 하기 위하여
개망초가 순을 잔뜩 돋워내어

뭇사람이 캐 가는 봄 나물밭을 만들었을까
쥔이 빈 땅에 농사를 짓지 않더라도
그 가업이 망해 보이지 않게 하기 위하여
개망초가 꽃을 잔뜩 피워서
뭇사람이 구경하며 가는 여름 꽃밭을 만들었을까

묵정밭 쥔인 나에게 개망초는 매야 할 잡초가 아니었다

---

* 양문규의 산문 「개망초꽃이 피었습니다」(『너무도 큰 당신』, 시와에세이, 2011, 78쪽)
  중에서.

어떤 문장으로부터의 명상; 다른 많은 나라의 아이들은 매일매일 비위생적이고 잔인한 조건 속에서 새벽부터 해 질 녘까지 일을 하여 아주 적은 돈을 번다. 일부 공장, 가게, 농장은 아이들을 착취하고 아이들에게 공부할 기회를 박탈하며 가난의 굴레에 아이들을 몰아넣는다.*

아이 때 인도 공장에서
적은 봉급을 받았던 바이쉬나브 씨는
중년이 되어 한국 공장에서
적지 않은 봉급을 받고 있다

한국 아이들이 공장에서 일하여
돈 버는 모습을 구경할 수 없고
한국 청년들도 공장에서 일하여
돈 버는 모습을 구경할 수 없어
바이쉬나브 씨는 부럽고 이상하다
한국을 잘사는 나라라고 말해야 할지
한국인을 잘못 사는 사람이라고 말해야 할지

이른 아침에 공장에 출근한 아이들이
늦은 저녁에 집으로 퇴근하는 광경을
한국에선 한 번도 본 적 없는 바이쉬나브 씨,
한국 공장에서 받은 봉급을 모아
인도 가족에게 다달이 보내면
어린 아들딸이 종종걸음쳐서
이른 아침에 공장에 출근하지 않아도 되고
늦은 저녁에 집에서 책 읽고 공부할 수 있어
오늘도 기꺼이 야근한다

* 카시미라 셰트 청소년소설집 『이름 없는 소년들』(하빈영 옮김, 현북스, 2016, 377쪽)
  의 '작가의 말' 중에서.

어떤 문장으로부터의 명상 ; 감응을 인간
의 전유물로 여기는 것은 인간만을 특별한
존재로 여기는 예외주의에 다름 아니다. 식
물이든 동물이든 유한한 생명들에게 다른
신체와의 마주침은 존재의 조건이다. 신체
와 신체의 마주침이 야기하는 신체의 변화
에 대한 정서적인 반응의 집합이 감응이라
면, 인간만이 감응적인 존재일 리가 없다.*

　　왜 인간만 지구를 장악하고 있을까?

　　이해할 수 없는 때가 있다

　　인간을 피해 도망하는 무리와

　　인간을 향해 돌진하는 무리가

　　인간의 언어를 사용하지 않는 동물이라면

　　동물의 언어를 사용하는 동물은

　　인간이 멸종한 후 지구를 장악하고는

　　(절대 멸종하지 않는다고 인간은 믿겠지만)

　　동물의 언어로 대화하다가

　　악수 대신에 다리를 비비고

　　포옹 대신에 옆구리를 맞대면서

　　인간이 사용하던 언어로

대화할 수 있도록 글을 쓸 수 있도록
진화하는 법을 알아낼 것이다
(절대 진화하지 못한다고 인간은 믿겠지만)
인간의 멸종이 불가능한 까닭은
인간이 서로 간에 느끼기 때문이라는 걸 인간 스스로
알고
동물의 진화가 가능한 까닭은
동물이 서로 간에 느끼기 때문이라는 걸 동물 스스로
안다
왜 동물은 지구를 장악하면 안 될까?
이해할 수 없는 때가 있다
인간이 인간을 죽이는 전쟁과 학살을 보게 되는 때
인간이 인간을 못살게 하는 수탈과 착취를 보게 되는
때

* 최유미의 글 「공생의 생물학과 감응의 생태학」(『감응의 유물론과 예술』, 최진석
  엮음, 도서출판b, 2020, 98쪽) 중에서.

어떤 문장으로부터의 명상; 세상의 모든 시의 첫 번째 독자는 시인 자신일 텐데, 세상에 이 한 명의 독자만 있다 해도 시를 쓰는 일에는 장애가 되지 않는다. 그럼에도 불구하고, 시를 쓰는 한 사람으로서 나는 생각한다. 그래도 최소한 세 명의 진실한 독자쯤은 있어줘야 '시와 더불어 사는 일'에 흥이 유지되지 않겠는가.*

등단 후에도 첫 시집을 낸 후에도 지금도
나는 내 시의 독자가 몇 명인지 알지 못한다

독자가 많다고 해서 시가 잘 써지지도 않고
시를 잘 쓴다고 해서 독자가 많아지지도 않는다
독자를 위하여 쓴다고 해서 시인이 좋은 시를 쓸 수도 없고
좋은 시를 쓴다고 해서 독자가 시인을 위하여 읽지도 않는다

세상의 모든 시의 첫 번째 독자는 시인 자신이라는 말은 진실하다

시인은 시를 써놓고도 수없이 되풀이 읽고 고치고 또
읽으므로
　　완성한 후에 읽고 발표하기 전에 읽는다는 점에서 첫
번째 독자가 맞다

　　시인은 그 첫 번째 독자를 위무하려고 시를 쓴다
　　두 번째 독자가 있는지 없는지 모르는 채로 시를 쓴다
　　세 번째 독자부턴 많든 적든 헤아리지 않고 시를 쓴다

　　나중에도 마지막 시집을 낸 후에도 작고한 후에도
　　나는 내 시의 독자가 몇 명인지 알지 못할 것이다

* 황학주의 머리말 「발견을 내며」(『발견』, 창간호, 발견, 2013, 6쪽) 중에서.

어떤 문장으로부터의 명상 ; 아이들은 두 살 때부터 거짓말을 시작한다. 영리할수록 거짓말을 할 가능성이 크고, 거짓말도 더 잘한다. (중략) 반면에 성인이 되면 계획하고 기억하는 능력이 발달하면서 어릴 때보다 더 정교하고 반사회적인 거짓말을 할 수 있게 된다.[*]

나는 어릴 때 거짓말한 기억이 없다
어린 자식을 키우고
어린 손자를 돌보면서도
거짓말을 들어보지 못했다

생각해 보면 오히려
내가 거짓말했다
아이들을 데리고 다니거나
함께 놀아주어야 할 때
내 마음을 알아주지 않거나
내 생각을 따라주지 않으면
자연 현상을 두고서는
비 올 테니 집에 들어가자

자연 환경을 두고서는
벌에 쏘이면 입원하게 돼
인간 정체를 두고서는
나쁜 사람에게 잡혀갈걸

늙은 나 자신에게도 자주 거짓말한다
나는 좋은 시를 썼다, 쓸쓸한 인생이었다고 말하지 말자
나는 많은 시를 쓰고 있다, 외로운 인생이라고 말하지
말자
나는 오래 시를 쓸 것이다, 불행한 인생일 것이라고 말하지
말자

내가 아이 적에 한 거짓말이 있다면
부모님에게 잘 보이기 위해서,
공부할래요
자식도 손자도 아이 적에 한 거짓말이 있다면
아버지인 나와 놀고 싶지 않고 할아버지인 나와 같이
놀고 싶지 않아서,
책 읽을게요

* 『도파민네이션』(애나 렘키 지음, 김두완 옮김, 흐름출판, 2022, 209쪽) 중에서.

어떤 문장으로부터의 명상; '말'로써 확
실히 약속하여 다짐하는 것 또는 그런 다짐
을 '입다짐'이라고 한다. '입'으로 '말'을 하
니 '입다짐'은 곧 '말로써 하는 다짐'이라는
뜻이 된다. 한편 마음속으로 하는 다짐은
'속다짐'이라 한다. 특이하게도 '글'로써 확
약하여 다짐하는 '글다짐'이라는 말은 없
다.*

내가 어떤 다짐을 해야 하는 대상이
타자일 경우에도
나 자신일 경우에도
나는 글로 썼다

다짐이 아니더라도 글로 썼다
나는 단문이나 복문으로 썼다
누군가와 나눈 대화를 썼다
누군가한테 받은 독촉을 썼다
누군가로부터 받은 영감을 썼다
나는 간결체나 만연체로 썼다

내가 타자를 대상으로 비판하자고 다짐한 점은
산문으로 썼고
내가 나 자신을 대상으로 분노하자고 다짐한 점은
운문으로 썼다
산문으로 쓰지 않은 비판을 어찌할지에 대해서는
운문으로 쓰지 않은 분노를 어찌할지에 대해서는
아무런 다짐을 하지 않았다

나는 산문으로도 운문으로도 써지지 않는 자타^{自他}에 대해
서는
타자와 나 자신에게 어떠한 다짐도 글로 쓰지 못했다

* 『우리말 활용 사전』(조항범 지음, 위즈덤하우스, 2005, 217쪽)의 '입다짐' 뜻풀이 중에서.

어떤 문장으로부터의 명상 ; 마음은 계속 불안한데 '혼자' 있는 것의 긍정적인 의미를 알지 못해서 원치 않는 사람들과 시간을 보내고 있다면 수많은 시간을 무의미하게 보내는 것이나 다름없다*

내가 혼자 있는 시간은
의자에 앉아 책상 위에 노트북을 켜놓고 시를 쓰거나
책을 펴놓고 읽는 시간,
나는 혼자 있지 않고
사람과 달리 말소리를 내지 않는 많은 낱말에 둘러싸여
있어
아늑하다

내가 혼자 있는 시간은
텃밭에 나가서 괭이를 들고 흙을 뒤집거나
흙덩이를 부수는 시간,
나는 혼자 있지 않고
사람과 달리 불평불만 하지 않는 너른 땅에 머물고 있어
평온하다

내가 혼자 있는 시간은

간이침대에 누워서 이불을 뒤집어쓴 채

머릿속으로 퇴고할 구절을 떠올리고

독서할 목록을 작성하거나

고랑을 넓게 벌려 놓아야 할지

밭둑을 높게 다져야 할지 궁리하는 시간,

나는 혼자 있지 않고

사람과 달리 헛소리하지 않는 여러 생각에 사로잡혀 있어

분주하다

* 『혼자 있는 시간의 힘』(사이토 다카시 지음, 장은주 옮김, 위즈덤하우스, 2015, 5쪽)
  중에서.

어떤 문장으로부터의 명상; 파블로 네루
다는 체코의 시인 얀 네루다의 이름을 딴
필명이고, 본명은 네프탈리 리카르도 레예
스 바소알토이다.*

시인이라면 누구나 좋은 시 한 편 써지면
실명과 필명을 구분하지 않을 것이다

이것이
칠레 시인 파블로 네루다가
체코 시인 얀 네루다가 된 사연이 아닐까
체코 시인 얀 네루다가
칠레 시인 파블로 네루다가 된 사연이 아닐까
파블로 네루다는 아버지가 하도 억압하여 그에 대한 저항
으로 성명을 바꾸었다는 설이 있지만……

칠레에 시를 좋아하는 시민 얀 네루다 씨가 이미 살고
있었는지를
시인 파블로 네루다가 정작 알고 있었는지도 모를 일,
체코에 시를 좋아하는 시민 파블로 네루다 씨가 이미
살고 있었는지를

시인 얀 네루다가 정작 알고 있었는지도 모를 일,

시인이라면 언제나 좋은 시 한 편 써지면
동인同人과 이인異人을 차등하지 않을 것이다

시인이라면 어디서나 좋은 시 한 편 써지면
모국어와 외국어를 구별하지 않을 것이고
국적과 무국적을 분별하지 않을 것이다

* 안토니오 스카르메타 소설집 『네루다의 우편배달부』(우석균 옮김, 민음사, 2004, 123쪽)
  의 각주 중에서.

어떤 문장으로부터의 명상 ; 01월 09일 01:28 인천 강화군 서쪽 26km 해역 규모 4.0 지진 발생 / 낙하물로부터 몸 보호, 진동 멈춘 후 야외 대피하며 여진 주의*

어린 손자들이 자라는 모습을 본 날,
내가 늙어 죽음에 들고 있어
미련 없이 소멸할 수 있는 방법과
고통 없이 절멸할 수 있는 방법을 고민한
오늘 밤 지진이 발생했다

곡식과 과일을 파괴하는 전쟁을 불사하는
전범을 멸종시키는 방법과
논과 밭을 폭파하는 전쟁을 불사하는
전범 국가를 멸망시키는 방법으로는
대지진이 가장 자연스럽지만,
내가 그런 대지진에 의해
미련 없이 소멸할 수 있었던 기회와
고통 없이 절멸할 수 있었던 기회가
지금까지 한 번도 없었다

평화하게 평생 곡식과 과일을 먹어 치워 없애고

평화하게 평생 논과 밭을 피폐 시켜온 인간에 지나지 않는

나는 늙어 죽음에 들밖에 없기는 해도

전쟁을 일으킨 전범이 멸종하지 않는 걸 본 채로 소멸한다면 미련이 남겠고

전쟁을 일으킨 전범 국가가 멸망하지 않는 걸 본 채로 절멸한다면 고통이 남겠으나,

어린 손자들이 다 자라는 사이에 전쟁이 종식되고 평화가 항구하기를 바라며

오늘 밤 발생한 지진이 대지진의 전조가 아니기를 빌었다

* 휴대폰에 온 기상청의 긴급 재난 문자, 2023년 1월 9일.

어떤 문장으로부터의 명상 ; 뼈 전도 기술의 최초 개발자는 이 위대한 18세기 작곡가라고 해도 과언이 아니다. 베토벤은 청력을 잃은 뒤 금속 막대를 피아노에 연결하고 반대편 끝을 입에 문 채 연주를 했다. 그렇게 하면 턱뼈의 진동을 통해 피아노 소리를 선명하게 들을 수 있다는 사실을 발견했던 것이다.*

　　아내는 귀가 밝고 나는 귀가 어둡다
　　아내는 밭고랑에서 풀 매면서도
　　이웃들이 밭길을 걸어가며 나누는 말소리를 잘 알아듣고
　　나는 나무 그늘에서 쉬면서도
　　새들이 나뭇가지에 앉아 지저귀는 소리를 잘 알아듣지 못한다

　　그렇게 나는 가는귀먹었다는 핑계로
　　평소 아내의 말속을 못 알아듣는 척하지만
　　곧잘 베토벤의 협주곡을 즐겨 듣기는 한다

　　핸드폰에 유선 이어폰을 연결하여 귓구멍에 꽂고

산책하며 베토벤 협주곡을 듣는 나에게
자동차 소리를 듣지 못해 위험하다며
딸이 속귀에 진동으로 소리를 전달하는 골전도 이어폰을
사와서는
핸드폰에 블루투스를 설치해 무선으로 듣도록 해주었다
두 귀 앞쪽 뼈에 밀착되는 골전도 이어폰을 착용하니
베토벤 협주곡도 자동차 소리도 같이 들을 수 있었다

그 뒤 정작 골전도 이어폰을 시도한 원조가
청력을 잃고도 작곡하기 위해 금속 막대를 피아노에 연결
하고
반대편 끝을 입에 문 채 연주한 베토벤이었다는 사실을
알고 나서
나는 골전도 이어폰으로 베토벤의 협주곡에 사로잡힌
것이 운명 같았다

이러한 사실을 내가 나무 그늘에서 혼잣말로 중얼거리며
감탄할 때
아내가 밭고랑에서 풀 매다가 호미질을 멈추고는 나를
바라보았다

* 댄 브라운 소설집 『오리진 1』(안종설 옮김, 문학수첩, 2017, 41쪽) 중에서.

어떤 문장으로부터의 명상 ; 자! 이제는 '따뜻한 말'을 연습하는 시간이다. '험한 말'을 연습하는 시간은 이제 끝났단다.*

말을 연습하는 사람과
말을 연습하지 않는 사람이 있다

전자는 후자와 가까워지기 위해
말을 연습하려고 하고
후자는 전자를 멀리하기 위해
말을 연습하지 않으려고 한다

태어난 직후부터 죽기 직전까지
전자는 대개 사람과 대화하고 나서
꽃과 나무와 바람이 대꾸하도록 먼저 말을 걸고
후자는 대개 사람과 대화하지 않으며
개와 고양이와 새가 지껄이는 말조차 알아듣지 못한다

꽃과 나무와 바람이 보기에 나는 전자에 속할까 후자에
속할까
개와 고양이와 새가 보기에 나는 전자에 속할까 후자에

속할까

  내가 보기에 나는 전자에도 속하고 후자에도 속한다

  나는 조용한 꽃과 나무와 바람에게 수다 떨어도 괜찮다는

  따뜻한 말을 구사하기 위해 마음속으로 먼저

  그 말을 여러 번 중얼거린 적 있다

  나는 시끄러운 개와 고양이와 새에게 계속 떠들면 쫓아버

리겠다는

  험한 말을 구사하기 위해 마음속으로 먼저

  그 말을 여러 번 중얼거린 적 있다

  아,

  따뜻한 말을 연습했을 땐 평화하였다

  험한 말을 연습했을 땐 평화하지 않았다

* 평화 교육자 콜먼 매카시Colman Mccarthy의 어록(고등학교 인정 교과서 『평화 시대를
  여는 통일 시민』, 창비, 2021, 86쪽) 중에서.

어떤 문장으로부터의 명상 ; 무슨 일이
일어나고 있는가 무슨 일이 일어나고 / 있는
중인가 무슨 일이 일어나지 않았는가 무슨
/ 일이 일어나지 않고 있는 중인가 남아 있
는 것은 / 몸뚱이 남아 있지 않는 것은 머리
통 혹은 그 반대*

나는 몸뚱이를 땅바닥에 내려놓을 줄 아는 노령자
나는 머리통을 하늘에 올려놓을 줄 아는 노령자

무슨 일에든 문제가 생기지 않는 늙은 나이에서
무슨 일에든 사건을 일으키는 젊은 나이로
노령자가 회귀하는 꿈만 꾸어도
몸뚱이가 곤충들을 데리고 땅바닥에서 떠돌까
머리통이 새들을 데리고 하늘에서 떠다닐까

무슨 일에든 문제가 생기는 젊은 나이에서
무슨 일에든 사건을 일으키지 않는 늙은 나이로
노령자가 원위치하는 꿈만 꾸어도
곤충들에게 몸뚱이를 맡겨서 땅바닥으로 내려갈까
새들에게 머리통을 맡겨서 하늘로 올라갈까

나는 몸뚱이를 땅바닥에 묶어놓을 줄 아는 노령자
나는 머리통을 하늘에 걸어놓을 줄 아는 노령자

내 몸뚱이를 땅바닥에 묶어놓으면
곤충들이 기어 와서 땅바닥 아래로 땅바닥 아래로 끌고
들어가겠지
내 머리통을 하늘에 걸어놓으면
새들이 날아와서 하늘 위로 하늘 위로 물고 날아오르겠지

* 김근의 시 「끝을 시작하기 제1부 제1장」(『끝을 시작하기』, 아시아, 2021, 28쪽) 중에서.

어떤 문장으로부터의 명상 ; 우리가 땅을 팔지 않으면 백인이 총을 들고 와서 우리 땅을 빼앗을 것임을 우리는 알고 있다. 그대들은 어떻게 저 하늘이나 대지의 온기를 사고팔 수 있는가? 우리로서는 이상한 생각이다.*

불과 두 세기도 되기 전 아메리카 인디언은
땅과 그 땅 위에 가득한 햇빛과 바람과 비를
총으로 죽여도 안 되고
총에 죽어서도 안 되는
인간의 영혼으로 섬겼다
이건 이상한 일이 아니다
금세기 미얀마 군부가 국토를 차지하려고
내전을 일으키고 총을 쏘아
반대하는 국민을 죽였다
이건 이상한 일이다
금세기 러시아가 영토를 확장하려고
전쟁을 벌이고 총을 쏘아
무고한 우크라이나인을 죽였다
이건 이상한 일이다

국토와 영토에 가득한 햇빛과 바람과 비를
누구나 누구에게 총질해서 빼앗아선 안 되고
누구나 누구에게 총질에 빼앗겨선 안 된다
독재자의 약탈품이 아니라 보통 사람들의 공유물이고
전범의 전리품이 아니라 보통 사람들의 공유물이다
모두가 똑같은 보통 사람들일 수 있는 때는
국토와 영토에 가득한 햇빛과 바람과 비를
누구나 누구에게 총질해서 빼앗지 않을 때고
누구나 누구에게 총질에 빼앗기지 않을 때다
이건 이상한 일이 아니다

---

* 시애틀 추장의 연설문 「우리는 결국 모두 형제들이다」(『녹색평론』, 창간호, 녹색평론사,
1991, 60쪽) 중에서. '미국 서부지역에 거주하던 두아미쉬—수쿠아미쉬 족의 추장 시애틀
의 연설문'의 일부인데 '이 연설이 행해진 것은 1854년, 미합중국 대통령 피어스에
의해 파견된 백인 대표자들이 이 인디언 부족이 전통적으로 살아온 땅을 팔 것을
제안한 데서 비롯되었다.'고 한다.

어떤 문장으로부터의 명상 ; 하르츠산맥의 당신 / 당신을 위한 간절한 / 기도가 거기 있었네 // "누구냐, 당신 / 아프냐, 나도 아프다" // 지난날의 먼 뎃 일들 / 노래 삼긴 당신 혹 있은들 / 마음이 이러하랴*

괴테가 쓴 시에서 뽑아

오케스트라를 위한 곡으로

브람스가 작곡한 알토 랩소디를

이혼복이 제목으로 삼아 쓴 시에**

이런 문장이 있다

"누구냐, 당신

아프냐, 나도 아프다"

나는 고쳐 써서 읽는다

"당신이 아프면 나도 아프다"

마음에 들지 않는다

나는 또 고쳐 써서 읽는다

"당신이 아프니 내가 아프다"

마음에 들지 않는다

나는 또다시 고쳐 써서 읽는다

"내가 아파서 당신도 아프다"
마음에 들지 않는다

유마힐이 말씀했다던가
"중생이 아프면 나도 아프다"
나는 마음에 들지 않아서
원래 문장을 찾아 읽는다
"누구냐, 당신
아프냐, 나도 아프다"

---

* 이훈복의 시 「알토 랩소디」(『내 생에 아름다운 봄날』, 도서출판 b, 2021, 44쪽) 중에서.
** 시인 이훈복은 2015년 9월 24일 아침에 뇌출혈이 발병한 후 현재까지 투병 중이다.

어떤 문장으로부터의 명상 ; 사실성의 한
쪽 끝이 사실이라면 그 반대쪽 끝은 순수한
상상의 세계이다. 그리고 무한히 다양한 허
구의 가능성들이 이 두 지점 사이를 가득
채우고 있다.*

실제의 당신과 허구의 당신을
나는 만날 수 있다

실제의 당신은 당신이 타고난 모습이고
허구의 당신은 내가 상상한 모습이지만
실제의 당신을 만나면 여러모로 살펴보고
허구의 당신을 만나면 한결같이 바라본다

당신이 나 없이 사는 현실에선 실제의 당신이 진실하고
내가 당신을 살아가게 하는 시에선 허구의 당신이 진실하
다
당신은 죽을 때까지 최선을 다해 현실을 산다는 뜻이고
나는 죽을 때까지 최선을 다해 시를 쓴다는 뜻이다

실제의 당신이 내 시집을 내다 버리면 내버려 둘 수밖에

없어도

　허구의 당신이 내 시집을 내다 버리면 주워오게 할 수
있다,

　실제의 당신은 당신 스스로 시인에게 애증을 가질 수
있어도

　허구의 당신은 내가 허락해야 시인에게 애증을 가질 수
있다,

　실제의 당신은 당신이 노력해서 최고의 시인이 될 수
있어도

　허구의 당신은 내가 허락해야 최고의 시인이 될 수 있다,

　이 세 시구를 써놓고 퇴고를 망설이고 있는 내가

　실제의 나인지 허구의 나인지 당신이 알아보라

　실제의 당신은 한 사람이고 허구의 당신은 여러 사람인
당신,

　실제로는 한 번 나를 알아볼 수 있고

　허구로는 여러 번 나를 알아볼 수 있다

* 『시나리오를 어떻게 쓸 것인가』(로버트 맥기 지음, 고영범·이승민 옮김, 황금가지,
　2002, 47쪽) 중에서.

어떤 문장으로부터의 명상 ; 죽음은 죽어
보지 않아서 모르고 죽은 뒤에는 죽어서
모른다지만 산다는 것은 생각하지 않아도
알고 둘러보지 않아도 알고 겪어보지 않아
도 그냥 지겨워서 안다.*

내가 죽은 뒤에 세상이 어떻게 바뀔는지
죽지 않고는 알 수 없고
죽은 뒤엔 죽었기에 알 수 없을 것이다

내가 사는 동안 세상이 어떻게 바뀌어도
별일을 하지 못하는 처지지만
지금까지 살아온 만큼만 알고 있을 뿐,
사실은 세상에 대하여 대체로 알지 못하여
내가 어떻게 할 수도 없고
어떻게 한다 해서 그다지 바뀌지 않는다는 걸
나는 이미 살아봐서 안다

내가 별 볼 일 없어 사라져 버린다면
누가 나타나서 나를 회억하려나?
내가 별수 없어 없어져 버린다면

누가 있어 나를 회고하려나?

나는 죽고 나서 잊힌다고 하더라도
죽은 뒤에 세상이 어떻게 바뀔는지
한번 볼 수 있었으면 한다
내가 살아서 힐끗, 사후를 한번 볼 수 있다면
세상을 바꾸어놓진 못해도 나를 조금 바꾸어놓고 죽으련
만

* 박철의 시작 노트(시힘 신작 시집 『꽃이 오고 사람이 온다』, 몰개, 2022, 72쪽) 중에서.

어떤 문장으로부터의 명상 ; 창작집을 낼 때 서문 쓰는 것 말고 또 하나 고역스러운 것은 교정을 보기 위해 전체를 한번 꼼꼼하게 읽어야 하는 일이다. 자기 소설을 아무리 단편이라고 해도 한두 편도 아니고 책 한 권 분량을 내리읽고 나면 넌더리가 난다. 그리고 방금 넌더리를 낸 게 자신의 몸 냄새였다는 걸 깨닫고 나면 하염없이 슬퍼지기도 한다.*

시 한 편을 발표하기 위하여
첫 행을 쓸 때부터
마지막 행을 쓸 때까지
서른 번쯤 되풀이 읽고 고치게 된다

시집 한 권을 출판하기 위하여
교정지로 한 번 더
오륙십 편 교정을 보고 나면
넌더리가 나고 몸서리가 쳐져서
제목도 시어도 행도 연도 잊게 된다

그러고 나서 이내 **뻔뻔하게**
이 시가 나의 영혼이라는 주장을 하게 되는데
나 자신도 모르게 새로이 첫 행을 퇴고하게 되어서고
저 시가 나의 정신이라는 주장을 하게 되는데
나 자신도 모르게 새로이 마지막 행을 퇴고하게 되어서고
그 시가 나의 삶이라는 주장을 하게 되는데
나 자신도 모르게 새로이 시 한 편을 탈고하게 되어서다

최근엔 나의 영혼과 나의 정신과 나의 삶이
점점 소멸되고 있다는 느낌이 들어
나의 시가 나의 창작물이 아니라
시 속에 들어온 사물의 소유물이라는
시 속에 벌어진 상황의 소유물이라는
시 속에 자리한 언어의 소유물이라는
스스로 생각해도 매우 타당한 주장을 한다
즉, 사물과 상황과 언어가 나를 부려서 시를 완성한 것이다

* 박완서 소설집 『너무도 쓸쓸한 당신』(창작과비평사, 1998, 6쪽)의 서문 중에서.

어떤 문장으로부터의 명상 ; 한발딛고
한발들고 / 한발들고 한발딛고 / 이발딛으
면 저발들고 / 저발들면 이발딛고 / 이리떼
뚱 저리띠뚱 / 팔딱팔딱 강중강중 / 총총거
리며 나간다*

날말이 걸음걸이에서 가락을 찾아냈을까
가락이 걸음걸이에서 날말을 찾아냈을까

어느 날말이 어떤 가락을 탄다고 하여
다 비장미 깊은 판소리가 되진 않는다
어느 가락이 어떤 날말을 태운다고 하여
다 해학미 넘치는 판소리가 되진 않는다

구어체에 걸맞은 날말이 따로 있지 않고
문어체에 걸맞은 날말이 따로 있지 않다는 걸 알고
산문을 다듬는 데 평생을 걸고도
나는 아직 미완성했다

노래에 맞아떨어지는 날말이 따로 있지 않고
이야기에 맞아떨어지는 날말이 따로 있지 않다 걸 깨치고

운문을 고치는 데 평생을 걸고도
나는 아직 미완성했다

누구는 정신으로 읽고 말하다가 단번에 알고
누구는 마음으로 읽고 말하다가 한순간에 깨쳐
산문이든 운문이든 명문장을 썼고 대걸작을 남겼다

* 김지하의 담시 「소리내력米歷」(『오적五賊』, 아킬라미디어, 2016, 40쪽) 중에서.

어떤 문장으로부터의 명상; 우리는 어딘가에 도달하려고 자신을 고통스럽게 만들지만, 우리가 막상 거기에 도달했을 때 그곳은 아무 데도 아니다. 도달할 곳이란 애초에 없기 때문이다.*

아무 데도 아닌 곳은 없었다
목적지에 도달하지 못했을 뿐
발을 내디던 곳마다
막다른 길이거나 너른 허방이었다

도달할 목적지가 있다고 믿었던 순간,
막다른 길은 더 막다른 길에 막혔고
너른 허방은 더 너른 허방에 빠졌던가

도달할 목적지가 없다고 믿었던 순간,
막다른 길은 멀리 막다른 길로 통했고
너른 허방은 멀리 너른 허방으로 뚫렸던가

막다른 길을 돌아서 나오다 보면
어디도 아무 데가 아닌 곳이 아니었다

내가 생존하려고 헛발을 디딘 목적지였다

너른 허방에서 허우적거리다 보면
어디도 아무 데가 아닌 곳이 아니었다
내가 실존하려고 헛발을 디딘 목적지였다

* 『아포칼립스』(데이비드 허버트 로렌스 지음, 문형준 옮김, 도서출판b, 2022, 103쪽)
  중에서.

어떤 문장으로부터의 명상; 문학적 감수성과 문장력의 감도를 굳건히 유지하는 것이 중요한 문제다. 그것을 지키지 못하는 순간이 오면, 마음만 지니고 글은 쓰지 못하게 될 것이다. 나는 그 시간을 가능한 한 멀리 유예하고 싶다. 그러기 위해서는 마음과 몸의 근력을 유지하고 세포의 활력을 돕는 일을 해야 한다. 의학자에게 들으니 시 읽는 마음이 도움을 준다고 한다.*

시를 읽음으로써
마음과 몸의 근력을 유지할 수 있고
세포의 활력을 도울 수 있다면
시인은 시를 쓰고 그 시를 읽으므로
형성적 완전체라고 할 수 있다

하지만 시집을 많이 읽고
상상을 많이 하고
자작시를 많이 써도
시인도 늙으면
마음과 몸의 근력이 없어지고

세포의 활력이 없어져서
문학적 감수성과 문장력의 감도가 유지되지 않는다
따라서 명편이 창작되지 않는다는 걸
노시인들은 체감한다

그러면 시인이 늙어서도
시를 계속 쓰기 위하여
마음과 몸에 근력이 생겨나도록 어떻게 해야 하나?
묘안이 있을 턱이 없다,
독서하고 사전을 뒤적여야 할 따름
세포에 활력이 생겨나도록 무엇을 해야 하나?
묘수가 있을 턱이 없다,
묵언하고 산책해야 할 따름

* 이숭원 문학비평집 『시 읽는 마음』(발견, 2023, 7쪽)의 머리말 중에서.

107

어떤 문장으로부터의 명상 ; 세상을 살아
가면서 / 해결할 수 없는 곤란에 부딪힐 때
/ 당신은 기술자를 찾는다 // (중략) // 당신
이 부자든 가난뱅이든 / 행복하든 불행하든
상관없이 / 가장 곤란할 때 기술자는 등장
한다*

나는 시를 쓰는 시인인가
나는 시를 만드는 기술자인가
내 시를 읽는 독자가 없다고 느껴질 때면
대단히 원초적인 자문을 한다

나는 홀로이 내 시를 읽는 독자가 되어
시를 쓰는 시인을 찾지 않는 독자가
너무 많은 시절을 견디고
시를 만드는 기술자를 찾는 독자가
전혀 없는 시절을 견딘다

요즘엔 시가 해결하지 못하는 문제가 대다수이므로
독자가 시를 쓰는 시인을 찾지 않는 건 당연지사,
요즘엔 시가 해결하지 못하는 사고事故가 다반사이므로

독자가 시를 만드는 기술자를 찾지 않는 건 당연지사,

그렇다 해도 시를 쓰는 시인이라도 있어야
시에서 햇빛과 바람이 마음껏 말할 수 있어
나는 시를 쓰고 또 쓴다
그렇다 해도 시를 만드는 기술자라도 있어야
시에서 강자와 권력자를 요령껏 가지고 놀 수 있어
나는 시를 만들고 또 만든다

* 조기조의 시 「기술자가 등장하는 시간」(『기술자가 등장하는 시간』, 도서출판 b, 2021, 14쪽) 중에서.

ⓒ 하종오, 2023

어떤 문장으로부터의 명상

초판 1쇄 발행 2023년 11월 15일

지은이 하종오
펴낸이 조기조

펴낸곳 도서출판 b
등 록 2003년 2월 24일 (제2006-000054호)
주 소 08772 서울시 관악구 난곡로 288 남진빌딩 302호
전 화 02-6293-7070(대) 팩시밀리 02-6293-8080
누리집 b-book.co.kr 전자우편 bbooks@naver.com

ISBN 979-11-92986-16-6   03810
값_12,000원

* 이 도서는 한국출판문화산업진흥원의 '2023년 우수출판콘텐츠
  제작 지원' 사업 선정작입니다.
* 이 책 내용의 일부 또는 전부를 재사용하려면 저작권자와
  도서출판 b 양측의 동의를 얻어야 합니다.
* 잘못된 책은 구입한 곳에서 교환해드립니다.